꽃이 진 자리

이수인

서울에서 출생했으며 1978년 다락방문학 동인으로 작품 활동을 시작
했다.
저서로는 시집 『누구의 인생이든 비는 내린다』(1996) 『너를 찾아가는
길』(1998) 『그래서 나는 행복하다』(2000) 『그대가 있어 행복합니다』
(2004) 『소소한 일상, 시가 되다』(2017), 시선집 『빛나는 모든 것은 아
름답다』(2010)가 있다.
지금은 경기도 일산에 살고 있으며 용혜원 시인과 부부 시인으로 창작
활동을 하고 있다.
poesy56@hanmail.net

꽃이 진 자리

—

초판 1쇄 2014년 4월 15일
초판 3쇄 2017년 11월 15일
지은이 이수인
펴낸이 김영재
펴낸곳 책만드는집

—

주소 서울 마포구 양화로3길 99, 4층 (04022)
전화 3142-1585·6
팩스 336-8908
전자우편 chaekjip@naver.com
출판등록 1994년 1월 13일 제10-927호
© 이수인, 2014

—

* 이 책의 판권은 저작권자와 책만드는집에 있습니다. 이 책 내용의
  전부 또는 일부를 재사용하려면 양측의 동의를 받아야 합니다.
* 잘못 만들어진 책은 구입하신 서점에서 바꾸어 드립니다.

—

ISBN 978-89-7944-472-8 (04810)
ISBN 978-89-7944-354-7 (세트)

책 만 드 는 집   시 인 선 049

꽃이 진 자리

이수인 시집

책만드는집

"자기 자신에게
진실을 말하는 것은 고결이요

다른 사람에게
진실을 말하는 것은 정직이다."
―스펜서 존슨

좌우명으로 정하고
살아왔고 시를 써왔다.

그래서 때론
나의 솔직함이 누군가에게
돌직구가 되기도 했을 것이다.

그저 우둔한 마음에

나 진실하자고
나 정직하자고

본의 아니게
상처받았다면
부디 이해해주시기를.

아무 의미 없었다고.

2014년 봄

이수인

| 차례 |

2부

3부

4부

1부

사랑은

사랑은 또 하나의 나를 보는 것
거울에 비친 자기 모습을 보는 것

너의 마음과
나의 마음이 하나 되는 것

마주 잡은 손이
어색하지 않은 것

너의 눈과 나의 눈이 마주쳤을 때
행복에 겨워 미소가 번지는 것

누군가에게는

누군가에게는
사랑이 스쳐 가는 바람처럼
가볍고 자연스러울 수 있고

누군가에게는
사랑이 감미로운 햇살처럼
밝고 따스한 것일 수 있고

누군가에게는
사랑이 북풍한설처럼
시리고 저려 외롭고 쓸쓸한 것일 수 있고

누군가에게는
사랑이 돌아앉은 벽처럼 뒷모습만 보이며
숨이 막히도록 답답한 것일 수 있고

누군가에게는

사랑이 치명적인 독이 되어
평생 치유되지 않는 상처일 수도 있다

누구나 사랑을 한다
하지만
사랑이 다 같은 사랑은 아니다

꽃이 진 자리

당신과 걸었던 이 길에
꽃이 피고 있습니다

겨우내 쌓였던 눈이 녹고
눈이 내렸던 그 자리에
파란 새싹이 돋아납니다

부드러운 봄바람에
온 세상이 새 생명을 불어 넣고
당신과 걸었던 이 길이
꽃 천지가 되었습니다

지금은 이 길을
혼자 걷고 있습니다

꽃이 진 자리에서
꽃 그림자로 남은
당신을 추억하며

사랑은…… 그런 것이다

나를 외롭게 한 사람
내가 외롭게 한 사람

누군가를 생각할 때

그 누군가가
나를 외롭게 했다면
내가 그 사람을
더 많이 사랑한 것이고

내가 그 누군가를
외롭게 했다면
그 사람이 나를
더 많이 사랑한 것이다

사랑은……

그런 것이다

봄 그늘

화사한 벚꽃 아래서
나 그대를 생각하노라

봄처럼 푸르고 싱그럽던
그 시절을 생각하노라

젊음의 고뇌도
사랑의 실연도
삶의 절망도
갈 길 몰라 방황하던 좌절도

시퍼런 젊음의 날을 세워
숱한 불멸의 나날을 서성이던

그래도
청춘이라 아름다웠던
그 시절의 젊음을 생각하노라

추억 속에
항상 푸름으로 남아 있는
그대를 생각하면서
봄 그늘에 묻혀가노라

누구입니까

조용히
비는 내리고

조용히 내리는 비에
조용하게 가라앉는 내 마음은

심연 속으로
깊이깊이 들어갑니다

내 마음의 심연 속
깊은 곳에 있는 그대

.

.

누구입니까

살아가면서 혹은 사랑하면서

살아가면서
혹은
사랑하면서

마음을 뺏기지 말아야 해
마음을 뺏기면
모든 것을 잃는 거야

아니면

모든 것을
얻을 수도 있지

마음을 빼앗아 온다면

그저 피고 지는 것이

사람들은 그저 좋아하지
꽃이 피어나는 것을 보고
예쁘고 화려하다고

그 꽃이 피기까지
오랜 기다림 속 갈망이
터져 나오는 것은 모르고

그저 아름답다고

사람들은 그저 외면하지
꽃이 지는 것을 보고
이제는 끝났다고 더 볼 것이 없다고

바람에 밀려 땅으로 떨어져
사람들의 발밑에 짓밟히는
꽃잎의 깊은 아픔은 모르고

그저 떨어진 꽃잎은 초라하다고

꽃이 피고 꽃이 지는 순리를
그 깊은 뜻을 잠깐이라도 생각하며
꽃을 보는 사람이 얼마나 있을까

그저 피고 지는 것이 꽃이려니
무심히 스치는 사랑이려니

사랑과 인생 사이

사랑
그 허망한 것에
왜 목숨을 거는 것이냐

사랑
그 옹졸한 것에
왜 인생을 거는 것이냐

사랑
그 애매한 것에
왜 집착하는 것이냐

사랑은
반드시 유통기한이 있는 것
그 유통기한이 지나면
아무 미련 없이 폐기 처분하라

사랑이
인생의 전부인 것 같지만
살아보아라

사랑은
인생의 한 부분일 뿐
사랑을 위해 절절한 눈물을 흘리기엔
인생이 너무 길다

길어도 너무 길다

기쁨을 주는 사람

한 줄기 바람처럼
따스한 햇살처럼

사소하지만
순간적인 기쁨을 주는 사람

잠시
현실의 어려움을 잊고

미소 지을 수 있게 하는
그런 사람이 되고 싶다

가을 단상 1

가을에
쓸쓸해지는 것은

바람이
우리 몸의 체온을
빼앗아 가기 때문이다

가을 단상 2

가을은
옛사랑이 생각나는 계절이다

바람이
옷 속을 파고들기 때문이다

가을 단상 3

가을밤
꿈속에서는
죽은 사람도 자주 나타난다

꿈에서조차
생사의 경계는 있다

풍선

당신은
풍선이 되어
항상 날아가려고 합니다

나는
당신의
끝자락을 잡고 있는
돌멩이가 되렵니다

당신은
헬륨을 잔뜩 마시고
부풀어 오른 풍선이 되어
자꾸 날아가려고 합니다

나는
당신의 끝자락에
매달려 있는 돌멩이입니다

첫눈

사랑한다는 말도

못 해본 첫사랑

짝사랑

우연히
마주치는 것조차

고통이 되는
갈망의 끝

일출

쳐다볼수록

내 눈을 멀게 하는

치명적인 사랑

거짓말 탐지기

거짓말을
하지 않는 사이가
가장 사랑하는 사이다

사랑하는
마음의 측정기는
거짓말 탐지기이다

2부

바다

여름 바다는
뛰어드는 바다

가을 바다는
바라보는 바다

겨울 바다는
소리쳐 부르는 바다

봄 바다는
......

바람의 날개

바람이 불어올 때면
두 팔을 벌리세요

바람이
날개가 되어
가벼워집니다

사계절

봄은 파스텔화

여름은 수채화

가을은 유화

겨울은 수묵화

인생은 사계절

한 폭의
풍경 속에 산다

행복한 자전거

바람 빠진 자전거 바퀴에
공기를 잔뜩 넣어주고 올라타니
자전거가 탁구공처럼
통통 튀듯이 달려간다

투명한 햇살
말개진 하늘
높이 뜬 구름
산들거리는 바람

탁구공처럼 통통 튀는
자전거 위에 올라탄 나
이 가을
행복하다

자전거와 나

오래된 느티나무 아래
자전거를 누이고
나도 잠시 숨을 고른다

가을 나무 아래
잠시 쉬는 자전거 한 대

잎사귀 떨군 가지 끝에 앉은
붉은 잠자리 한 마리

깊어가는 가을 한 자락에서
홀린 듯 바라보는
고즈넉한 나

추수가 끝난 뒤

텅 빈 들녘

하지만
가득 차고 넉넉한 풍요로움

우리의 긴 겨울
채워주는
텅 빔의 미학

땅거미가 지는 시간

어둠이 내리면
숲에서는 거미가
집을 짓기 시작하고

먹이를 찾아
날던 새들은 둥지를
찾아 날아들고

일용할 양식을 구해
집으로 돌아오는 사람의
무거운 발걸음이 빨라지는 시간

유후인 료칸에서

따뜻한 온천수가 졸졸 흐르는
노천탕에서 바라본 마른 나뭇가지에

연두 초록 노란색의
나뭇잎이 붙어 있다

오래된 나뭇잎이
빛깔이 제일 곱구나

내일이면
지고 없으리

여행

가본 곳은
추억을 남기고

가보지 못한 길은
그리움으로 남아 있다

순례자의 삶

누구나 여행을 꿈꾼다
그러나 누구나
그 꿈을 이룰 수는 없다

여행지에서
수많은 인종을 만나게 된다

흘러가는 여행객도 있고
남의 나라에서 이방인으로
살아가는 사람들도 있다

돌아갈 곳이 있는
여행객들에게는 활기가 넘치고

이방인으로 살아가는
사람들의 뒷모습에서는
순례자의 삶이 전해진다

그들의 뒷모습이
시리게 느껴지기 때문이다

자전거 풍경

늙은 벚나무 아래 쓰러진
자전거 옆에 주저앉아 있는
어느 가을날 오후

자연이 아름답다는 것을
느끼는 것은 내가 더 이상
아름다운 나이는 아니라는 것이다

이 세상에서
가장 아름다운 것이 젊음이고
그다음이 자연이다

나의 아름다운 젊음은 지나가고
이제 자연의 아름다움에
홀린 듯 살아간다

자전거와 눈높이

같은 길을 걸어서 갈 때하고
자전거를 타고 지나갈 때의
느낌은 아주 다릅니다

걸어서 나무 밑을 지나는 것과
자전거에 올라타고 달릴 때의
경치는 아주 다릅니다

자전거를 타면
나무와 나의 눈높이가 맞추어져
온전한 나무를 보게 됩니다

우리네 삶도 그러하지요
눈높이를 맞추며 살다 보면
어느 시점에서 인생이 보이겠지요

봄비

봄이 오라고
하늘에서 물을 뿌려주네요

메마른 땅 촉촉하고 부드럽게
새싹 틔우라고 고루고루 물을 뿌려주네요

겨우내 목마른 나뭇가지들 싱싱하게
꽃 피우라고 시원하게 물을 뿌려주네요

새들이 먼저 알고
지지배배 지저귀며 나들이 나오네요

여름의 끝

길고 지루한
장마가 물러가며

던져주고 간
잠자리 떼

열대야

바람도
길을 잃었나 보다

오늘 밤은
바람 한 점 없다

봄맞이

호수공원과 함께하는
나는 행복합니다

긴 겨울
호수공원과 함께 보내고

봄을 맞는 지금
너무 행복합니다

온몸이
기지개를 켜네요

일산

봄이면
벚꽃이 온 거리를
불 밝혀놓은 듯 화사하게 만들고

여름이면
무성한 초록 잎사귀들이
시원한 그늘을 만들고

가을이면
붉은 단풍과 노란 은행잎이 깔린
거리를 마냥 걷게 만들고

겨울이면
하얀 눈이 마른 가지 위에 지붕 위에
얼어붙은 호수 위에 소복하게 쌓여
동화의 마을로 만들고

나는 주변의 아름다움에 취해서
한 줄의 시도 못 쓰고 있다

아니
일산이 주는
시 세상에 살고 있다

그리움만 남긴다

기억은 아득해지고
세월은 빠르게 흐른다

추억은 아련하고
미련만 남은 지나간 세월은
그리움만 남긴다

모든 삶은
시간이 데려다 준다

3부

북한산 계곡

상처 없는 영혼이
어디 있으며

고통 없는 삶이
어디 있으랴

살아보니
상처와 고통이
삶의 원동력이더라

골이 깊을수록
단풍이 곱다

인생 1

길을 걷다 보면
알고 걷는 길과
모르고 걷는 길은
차이가 있다

알고 걷는 길은 평탄하고
모르고 걷는 길은 험난하다

우리의 인생에는
지표가 없다

고로 인생은
험난한 여정이다

인생 2

어둠 속

숨어 있는 별을
볼 수 있는 마음을

찾아가는 것이
인생이다

부메랑

남에게
상처 주는 말은
하지 말자

부메랑이 되어서
내 가슴에
비수를 꽂는다

하나님이 인간을

하나님이
인간을 사랑할 수밖에 없는 이유

내려다보는 모든 것은
아름답기 때문이다

가을에 친구에게

친구야
가을이 깊어가고 있다

낙엽이 떨어지고 있는 공원에서
깊어가는 가을을 자전거로 달리고 있다

너는 이 가을 행복하니

적어도 불행한 삶을 살지는 말자
아니 불행하다는 마음조차 품지 말자
행복하기만 한 인생이 어디 있니

너는 이 가을 외롭지 않니

맑은 하늘에도 이따금 먹구름 끼듯이
조용히 나이 들어가는
평화로움 속에서도 끼어드는 외로움을 어쩔 수가 없다

외로움 없는 인생이 어디 있니

푸르고 싱싱한 잎새 다 떨구고
마른 가지로 겨울을 나는 나무도 있으니

가을을 닮아가는
인생의 길목에서
우리 마음만은 따스한 온기를 잃지 말자

네가 행복한 마음으로 살았으면 좋겠다

나도
행복하게

희망은 그런 것이다

삶은
생물과 같아서

어느 때는 죽도록 아프고
어느 때는 목매달고 싶을 만큼 힘들고
어느 때는 숨 좀 고를 수 있게
헐렁할 때도 있다

힘들어 주저앉으면
그 자리에서 싹이 나고

견디다 보면 죽은 것 같던
자리에서도 꽃이 핀다

삶은
생물처럼 살아 움직이는 것이다
견디다 보면 살아진다

희망은
그런 것이다

꿈

꿈이 있다는 것은
행복한 일이고

꿈이 있다는 것은
희망적인 일이다

적어도
꿈이 있으면

사는 것이 힘들고 어려워도
이겨낼 수 있는 힘을 준다

고맙다

이 세상을 떠나는
사람에게서 듣는
마지막 한마디

고맙다

누군가에게
고마운 사람이었다면
잘 산 인생인가

하루

어떤 사람에게는
아무 의미 없이
지나간 하루이지만

누군가에게는

가장 기쁜 날일 수 있고
가장 슬픈 날일 수 있고
가장 의미 있는 하루일 수 있다

하루를 사는 것은

하루하루를 사는 것은
그냥 사는 것이 아니라
사는 만큼 배우는 것이고
겪는 만큼 깨우치는 것이고
아픈 만큼 성숙해지는 것이다

아주 사소한 시 한 편

시 안 쓰세요

시 안 써도 마음이
행복하다고 하네요

지극히 사적인 사소한 대화지만
그 속에는
몇십 년의 고뇌와 절망과 갈등이 있었지요

그 과정을 여과시켜
나오는 게 시거든요

아주 사소한

그것이
시의 매력이고 묘미지요

사소한 기쁨을 주는

조약돌

바람이 나를 거칠게 하고
세월이 나를 노회하게 만들고
사랑이 나를 무디게 하고
삶이 나를 메마른 황야로 만들었다

비바람에 수십 년
세파에 수십 년 시달리다 보니
어느 사이엔가 모났던 인생이
동글동글해졌다

나의 인생

지나온 길은
되돌아가지 않는다

지나친 사람도
뒤돌아보지 않는다

지나간 세월도
아쉬워하지 않는다

지나간 인연도
연연해하지 않는다

지나간 인생도
후회하지 않는다

후회하는 인생이든
후회하지 않는 인생이든

나의 인생이니까

살아 있음 그 자체가
버거운 것이 인생이니까

산다는 것은

사람은
한평생 살면서
맞아야 할 비가 있다

그 시기가 언제일지는
사람마다 다르지만

한평생 맞아야 할
비의 양은 정해져 있다

그래서
롱펠로는 말했다

"누구의 인생이든 비는 내린다"고

회상 1

하늘을 찌를 듯 치솟던 이상
아무것도 겁나지 않던 열정

암흑 속에서도
빛나는 별 하나를
찾아 헤매던
청춘의 한 시절이 지나고 난 지금
.
.
.

향기가 달아난 와인처럼
붉게 타오르던 색깔만 남았다

회상 2

오십오 세

.

.

아직은 할머니도 아니고
그렇다고
젊은 나이도 아니고

시작을 하기도
포기를 하기도
어설픈 나이

모성을 발휘할
나이도 지나고

젊음도 지나간
여성성도 사라진 나이

한참
서글픈 나이 그리고
자존심이 무척 상하는 나이

하지만
거센 비바람 지나간
잔잔한 나이

미안해

외롭게 해서
미안해

하지만

난 더 외롭고
시리고
서러운

세월의 강을
건너왔어

살아야 되니까

4부

기억의 문을 닫는 날

늙는다는 것은
기억의 문을 하나씩 닫는 것

열려 있던 기억의 문을
하나하나 닫아나가는 과정

마지막 남은 단 하나의
기억의 문을 닫는 날

우리는 떠나는 것이다

아무도 살아서는
가보지 못한 그곳으로

마음 하나로

매일 듣던 새소리도
어느 날은 경쾌하게 들리고
어느 날은 시끄럽게 들리고
어느 날은 짜증스럽게 들린다

매일 하던 집안일도
어느 날은 즐겁게 하고
어느 날은 힘들게 하고
어느 날은 지겹게 한다

모든 삼라만상이 그대로 도는데
사람 마음이 수시로 변하기 때문이다

마음 하나로
지옥과 천국을 오가며 산다

나의 침묵

나의 침묵은
울음을 참는 것이고

나의 무심함은
시간을 죽이는 것이고

나의 인내는
세월을 견디는 것이고

나의 분노는
세상을 향한 외침이고

나의 미소는
인생을 관조하는 것이다

바람의 눈물

일주일에 두 번 도서관에 간다

도서관으로 가는 길은
정발산 자락을 끼고
은행나무와 단풍나무로 이어진 가로수 길이다

어제는
울음 끝이 질긴 아이처럼
진종일 비가 내렸다

오늘 아침
하늘은 아직도 제 설움에 겨워
울먹이는 아이 얼굴이다

우산을 들고 집을 나섰다
도서관으로 가는 길에 만난
바람에게서 물기를 느꼈다

얼굴과 손등에 와 닿는
바람의 눈물
나는 바람이 찔끔거리는 눈물을 느낀다

나는 우산을 쓰고
은행나무와 단풍나무 가로수 길을 걸어
도서관으로 간다

도서관 앞에 이르렀을 때
나는 본다
바람이 뚝뚝 흘리는 눈물을

혼자 놉니다

나는 매일 혼자 놉니다

하루는 자전거로 공원을 돌고
하루는 음악 들으며 공원을 돌고

이도 저도 힘든 날은
집 안에서 꼼짝 않고 놉니다

책을 보고 놀다가
눈이 침침해지면

빨래를 하거나 청소를 하고
이른 저녁 준비를 합니다

혼자 노는 게 너무 재밌어서
어떤 때는 너무 행복합니다

운동도 여럿이 하는 운동보다
혼자서 하는 운동을 좋아합니다

그러나 가끔
외로울 때도 있습니다
그 외로움이 슬픔을 만들기도 합니다

어린아이가 또래를 찾아
그 아이의 집 앞에서
친구의 이름을 부르듯이

나도 누군가의 문 앞에서
이름을 불러보고 싶을 때가 있습니다

하염없이……

자식 사랑

제 발로 걷고
제 입으로
말하기 시작하면

마음으로부터
떼어놓는 연습을 해야 한다

나의 분신이 아닌
하나의 독립된 인격체로서
홀로 성장할 수 있도록

지켜보는 것이다

공짜는 없다

자식으로 태어나
엄마 손에서 자라고

죽을 때
자식 손에서 죽는다

세상살이에
공짜는 없다

모성의 근원

묻지도
따지지도 않고

무조건
사랑한 딱 두 사람

엄마와 딸

그냥 했어

밤에 갑자기
엄마 생각이 나서 전화를 했다

무슨 일 있냐고
깜짝 놀라는 엄마

그냥 했어

전화 잘 안 하는 딸이
갑자기 전화를 해서 놀랐다나

내가 그렇게
전화 안 하는 딸인가

나는 네가 보고 싶은데

엄마 이번 달 용돈
은행으로 넣어드릴게요

집에 오지……
너 본 지 일 년은 된 것 같다

이월에 갔고
지금 사월이거든요

그런데 나는
일 년도 더 된 것 같다

너는 나 안 보고 싶니
나는 네가 보고 싶은데

오십 년대생

아버지의 무겁게 내려앉은 어깨와
엄마의 희망 없는 한숨 속에서
자라난 우리 세대는
희망을 가질 수 없었다

아버지의 무거운 어깨가
나의 어깨에 내려앉고
엄마의 희망 없는 한숨이
나의 절망의 신음으로 커가는

부모와 자식 사이에 낀
마지막 세대

아버지 당신이 그립습니다

아버지
당신께서 침묵으로 일관된 삶을
살다 가신 지 이 년이 지났습니다

어느 해부턴가
살아서 고향으로 돌아갈 희망이
없어진 시점부터였지요

아버지의 침묵이
북에 계신 부모 형제와
생이별한 아픔 때문인지

그 넓은 들녘 연백평야 사잇길로
눈에 삼삼하게 아른거리는
고향 땅 고향 집 동무들이 그리워서인지

도를 닦듯 말보다는

체념 어린 소리 없는 미소가
유일한 의사 표현이셨던 삶

아버지
당신께서 살아 계셨을 때의
침묵은 그러려니 했는데

당신이 떠난 뒤에
아버지의 침묵이 이따금씩
제게 말을 걸어옵니다

그 침묵 속에 얼마나 많은
외로움 그리움 망향의 서러움이
사무치게 뭉쳐 있는지

그 침묵의 의미가
자꾸 저에게 말을 걸어옵니다

당신은
참 좋은 계절 가을에
사무치게 그리워하던
부모 형제 찾아 떠나셨습니다

살아서는 갈 수 없던 곳
살아서는 만날 수 없었던
부모 형제 만나셨나요
만나서 지금은 행복하시나요

못다 한 이야기 나누느라 바빠서
떠나신 후에 한동안
남아 있는 가족에게 빈자리를
느끼지 못하게 하셨나요

당신이 떠나신 지
두 번째 가을에야 꿈길에 나타나

저에게 말을 걸어오시네요

당신이 떠나신 지
두 번째 가을
아버지 당신의 모습이 당신의 침묵이
저에게 사무쳐옵니다

사무친 눈물이 가득
하루 종일
나의 눈가에 머물고 있습니다

미안해요 엄마

나 놀기 바빠서
내 자식 이뻐하기 바빠서
내 가족 챙기기 바빠서

엄마한테 소홀했던 거 무관심했던 거
엄마는 보고 싶다는데
나는 엄마처럼 한마음으로 보고 싶지 않아서
미안해요

딸 시집보내고
친정엄마 장모 노릇 바쁘고
아들 결혼시키면
시어머니 어른 노릇 바빠서

늙어서 할 일 없어
돌아다닐 기운 없어 심심한 그래서
하루 종일 하세월 딸 생각하는

엄마 입장 헤아리지 못해
미안해요

난 지금부터 어른 노릇 바쁜
오십 대 후반이에요
딸 노릇만 하기엔 좀 많은 나이예요
내가

남루한 삶이 남루한 인생에게

햇살 아래서도 눈물이 나고
한 줄기 바람에도 눈물이 나고
지는 저녁 노을빛에도 눈물이 난다

밭에서 뽑아 온 한 줌 거리 야채를
길가에 놓고 손님을 기다리는
햇빛과 바람에 그을리고 밭이랑처럼 주름진
할머니의 얼굴과 마주쳐도 눈물이 나고

약국과 상점 앞을 오가며
버려진 종이 상자와 폐지를 모으는
구부정한 할아버지를
스쳐 지나도 눈물이 난다

조리개가 느슨해졌는지
감정의 나사가 느슨해졌는지
사소하고 일상적인

것들에게서 눈물이 난다

한평생 살아온 남루한 삶이
남루한 인생에 대해서
눈물이 난다

지금은 무풍지대

나는 지반이 튼튼한 사람이다
좀처럼 흔들림이 없는 인생을 산다

그럴 수 있는 것은
살아오면서
수많은 흔들림이 있었기 때문이다

나는 조용히 뿌리내리고 싶었는데
삶이 나를 뒤흔들고
인생이 내 의지와는 상관없이 요동치고
때로는 세상이 나를 거침없이
날려 보내려 하면서 수없는 부침을 했다

흔들리면서 다져진 인생
그래서
견고하게 뿌리내림을 했다

지금은
무풍지대에서 잔잔하게 산다
아무리 바람이 몰아쳐도
흔들리지 않으며 평화롭게 살고 있다

오래된 지인

무소식이
희소식이려니 하고 산다고

그 무소식이
무관심이 되어 세월이 간다

그 세월이 간다는 것은
내 한 시절이 지워지는 것이고

내 사소한 한 부분이
잊혀간다는 것에

조금은
씁쓸한 기분이 든다

부고를 받고

나 밥을 먹습니다
배고파서가 아니라
배고플까 봐

문자로 알려 온 부고를 보고도
그냥 일상적인 하루를 보냅니다

산 사람은
그냥 밥을 먹고
그냥 잠을 잡니다

인류는 쭈욱
그렇게 이어갑니다

어디선가 사람이 죽고
어디선가 사람이 태어나고

재미없다 정말

울릉도 어느 여관 낯선 방에
홀로 누워 있다

피곤은 머리끝부터 발끝까지
사정없이 덮쳐 오는데

잠은 묵호항에서 떨어져 나갔는지
이 섬에는 없다

긴 불면의 밤이 이 외딴섬
바닷바람에 파도처럼 뒤척인다

잠도 없다 그렇다고
그리움도 없다

그리움이 없으니
외로움도 없다

그리움이 사라진 나이
서글픔도 없다

그저 그렇게
인생이 시들어가는 것이지

재미없다 정말

김포 DMZ 평화누리길 23km

어느 시점에서
시가 나를 떠났고 그래서
나는 시를 떠나보내고
아주 홀가분하게
아마 태어나서 처음으로
머리와 마음을 비우고
신 나게 놀았다

낯선 도시
낯선 거리를
끊임없이
걷고 또 걸었다

육체를 혹사하며
머리를 텅 비우고
마음을 비우고
시랑 아무 상관 없는 사람처럼

110

아주 쿨하게 시랑 작별했다

그러다 문득
내가 시를 떠나보낸 것이 아니라
떠나간 시를 찾아
다시 시가 돌아와 주길 바라며
끊임없는 고행의 길을
걷고 있었던 것이다

이런 젠장……

수목한계선

내 마음이
더 이상 가지 못하고
서성이는 것

내 마음이
너에게
도달하지 못하는 것

더 이상 다가갈 수도
더 이상 올라갈 수도
더 이상 살아갈 수도

그래서
서성이고 있다······ 평생을

나와 너의 경계선

거기까지만